우호태 시인

그대가 향기로울 때

우호태 시집

그대가 향기로울 때

인북스

살아갈 날의 에너지를 모으는 둥지

제 나이 쉰셋이라고는 하나 아직도 세상살이를 잘 모릅니다. 공자는 오십에 지천명(知天命)한다 하였지만 기실은 사람마다 다른 듯합니다. 살아온 날들에서 얼마나 부끄러운 일들을 많이 했는지 모릅니다. 참으로 거친 소리가 많았습니다. 지난 세월 동안 남들이 말하는 꽃가마도 타 보았고, 짧지 않은 영어(囹圄) 생활의 시련도 겪었습니다. 어쩌면 이 글은 스스로의 내면을 정화하는 방편인 셈입니다. 뒤라스의 말처럼 "글을 쓴다는 것은 자신을 정리하는 것"이니 말입니다.

이제 삶의 반환점을 지난 듯합니다. 그간 어울린 시간 속에서 가슴 켠켠이 넣어 둔 소회(素懷)를 모양새로 갖추는 욕심을 내었습니다. 허지만 이 글은 시라기보다는 살아갈 날들에의 에너지를 모으는 작은 둥지일 뿐입니다.

걸음마를 할 수 있도록 지도해 주신 조석구 선생님, 모양을 갖출 수 있도록 평설을 맡아 주신 홍신선 선생님 그리고 삽화로 모자람을 채워 주신 조행섭 선생님께 감사를 드립니다.
  특히 비재(非才)한 저를 한글 깨우쳐 주시듯 자상하게 시 공부의 먼 길을 일러주신 김남조 선생님께 깊은 감사를 드립니다.

년 삼월
우호태

차 례

가족

가족

싱그러운 오월
아카시아 꽃잎이
바람결에 하르르

시골 뜨락에
보고 싶은 얼굴
하나 두울 세엣

처마 아래 빨랫줄
웃음 송이가
몽글몽글

봄처녀

야호 야호

산마루턱 돌아날면
나물 캐는 우리 누이
그냥 환하더이다
제 몸 달떠
불그레
꽃 한 송이
절로절로 피더이다

봄바람

볼세라 보일세라
누이 분홍치마
살랑 살랑

목련이 피던 날

그 새
님이 다녀가셨나
봄바람 부는 창가에
벙긋 벙긋
제 몸을 열었네

사라지는 이야기
– 손으로 모를 심던 날

석이 할매 = 이봐 만수. 막걸리 들어가니 기분이
    괜찮혀. 맹맹하니 노래 하나 불러봐. 길 지도
    날 보니깬 구수하드만.

만수 = 그래요. 할마시 이거 그냥은 안 되는데. 심
    심한께로 한 번 뽑아 불지요.죽장에 삿갓 쓰고
    방랑삼천리 미스 김도 잘있구요. 미스 리도 안
    녀엉.

순이 엄마 = 아이고마. 경수 아재 노래 그만해유.
    후딱후딱 허리나 굽혀유. 언제 논배미 줄여유.
    그리 느러터져 논배미가 줄어들 거씨유. 새참
    땐 뭔 막걸리를 그리 마셔 댄대유. 허구한 날
    마셔대니. 술하고 웬수젓시유. 몸도 성치 않
    으면서.

현미 엄마 = 어따 윗배미에서도 옆에서 내더니만
    그 새 정분 난남? 경수 아재! 새벽 별은 아직
    볼 수 있는 거지.

순이 엄마 = 호호호 성님 그런 말 마소. 헛웃음 들
    깬 허리가 더 끊어지잖유. 이러다 품팔다 내미
    논배미에 엎디것소. 철수 아재가 여간 굼띠간

유. 해 떨어지기 전까지 이 논배미 다 못 내겄소.

만수 = 아따. 오늘 못 내면 내일 내구, 내일 못 내
면 모레 내면 되는 거유. 세월이 좀먹는다요.
쪄깐 쉬었다 하시요들. 소피 좀 볼 테니깬.

현미 엄마 = 저리 태평이니 여태 장가도 못 가재.

만수 = 아주마시들 너무 구박 마소. 내가 누구여.
소싯적 근방에서 한가닥하던 왕발 아닌가벼.
이래 봬도 양복 쫙 빼입고 중절모 쓰고 뭐시냐
나이방 끼고 긴 코트 걸쳐 불면 서울 아가씨들
오줌 질금질금 쌀 것이깬. 폼나게 걸어 불면
아가씨들 쫘악 나래비 슨다 이거야. 이번 논일
쫑내면 서울 가서 예쁜 색시 한번 데려올 테니
깐. 아주마시들 놀래 불 테니깐.

석이 할매 = 이봐 만수. 그랴그랴 올해는 국수 먹
는 거재. 힘쓸 때 한 살림 나야지. 새끼도 제때
까는겨. 달기 새끼들 못 봐.

순이 엄마 = 하이고마. 이팔청춘인가 봅네. 배는
쑥 나오고 어깨는 축쳐불고, 머리는 듬성듬
성 빠져 쌓고. 서울 아가씨들 눈이 삣는갑네.
저번 장날 보닝께, 구두 뒷굽은 다 달불고. 귀
신 씨나락 까먹는 소리 말구유, 구두나 사신
어유.

석이 할매 = 세상일 모르는 거여. 살다 본께 사람
일 모르더라구. 낮 허리 밤 허리 다르맨치로

그냥 살아가는 거여. 정 붙이고 살면 그런대로
사는 재미가 쏠쏠하드만.

만수 = 눈이 할마시 뭣 좀 통하는 것 같소. 나이 그
냥 드신 게 아니구만유.

석이 할매 = 에끼 이눔아. 서둘러 봐. 한 눈 감고
세상 살어야 혀.

만수 = 이래도 한 세상 저래도 한 세상 뭘 그리 서
둘러 쌓소. 해 떨어지면 자구 해 뜨면 흙 파는
거지. 사는 게 별겁니까. 세월이 좀먹는다요.
쉬엄쉬엄 합시다요.

모내기하던 날

안골 논머리에
새참을 내리시며
맨발인 채로 환하시던 당신

이제야
불러봅니다.

어머니

원두막

들바람 쐬

여기저기
복덩이들
잎새 뒤 배시시
동글동글 배꼽이 수줍어라

햇살에 노릇노릇
달빛에 쑥쑥
호호호
둥둥
한여름 익어갈 때

헐렁한 베 바지에
밭머리 서 계시던
아버지

가을 들녘

아가 울음소리
어미 젖무덤에 잠들고
여름내 주눅 들어 수숫대를 비켜
동그마니 모여 앉은 그루콩
저고리 땀 내음이
선들 바람에 고요하다.

다람쥐 달음박질하는 산자락에
알록달록 웃음꽃이 피어나고
고개 너머 너머 맴돌던 잠자리
베개 삼은 빈 지게
소걸음 아비가
아이 따라 산 고개를 넘는다.

깜순이

이마가 불거지고 까만 깜순이
별명이 파키스탄이라지

어찌 재주가 그리 많니
고운 마음씨 엄마 닮았는데
바쁜 성격은 아빠 닮았네

깜순아
엄마만 좋아하니
아빠도 너를 사랑한단다

순둥이

키가 큰 순둥이
게임이 그리 좋으니
눈도 생각하려므나

조용한 건 엄마 닮았는데
미운 글씨는 아빠 닮았네

순둥아
욕심이 없구나
네가 좋단다

사모(思母)

어머니

광목천 검정교복을 어루시며
동백꽃처럼
붉은 당신 얼굴 외면하였습니다

새벽장 깻잎 보따리를
지게에 얹으시며
괜찮니 괜찮니
당신 눈길 시렸었지요

얘
밥 먹고 자라
군불을 지피시며
속울음 훔치시었지요

당신 뜰을 서성입니다

고향

구불구불
산모롱이 돌아
겨울밤
아랫목에 제 몸 푸니
등허리 따습다

흑백 앨범을 보면서

안부를 묻습니다
왕새우 먹으러 갑니다
보증을 섭니다
집들이를 한답니다
딸 자랑으로 함박꽃입니다
천렵을 갑니다
윷놀이를 합니다
출출하니 한잔 하잡니다

햇살이 환한 날
그리운 얼굴들

방황

방황

잃어버린 시간을 쫓아
머무른 쉼터
샤갈의 눈 내리는 마을

따스한 차 한 잔에
마음 그늘이 거두어지고
고요한 눈길은
물안개 피어나는 호숫가를 돌아
건너편 산자락에
지나온 시간들을 사려 봅니다

주름골 마흔 살
스무 살의 발길을 따라
몽글몽글 담배 연기 속
긴 여행을 떠나갑니다

봄비

눈물인가요

희므레 유리창
동그라미
하나
두울

그대

잔인한 달을 보내며

보내는 아쉬움에
비가 나립니다.

생각하는 갈대가 되어
인생론을 읽어 보지만
어우른 시간 때문에
그리움이 호수입니다.

긴 여운을 남긴 채
연둣빛 들길을
말없이 걸어갑니다.
그녀를 위해
〈빗속의 노래(Singing in the rain)〉 띄웁니다.

상처

빈 하늘
퍼뜩
날아가는 산 제비 한 마리에
온 가슴
시립니다

가을 산책 1

둑방길
잎새 하나
툭!

무정한 녀석

가을산책 2

파란 하늘
은빛 수제비
가 닿으려나

돌담거리 저수지 가에
메마른 억새풀만
서걱거립니다

초대

누군가가 그리워
내 안의 나를 만나는 것은
고독한 자의 행복일 겁니다.

고운 눈
그리움만 남겼습니다
지친 걸음에 추임새를 넣어
기쁨을 수놓았던 그대
체게바라 열정으로
자존하는 모습이
너무나 아름답습니다

오늘 초대하렵니다
슬픈 늪에 작은 물결을 이룬
그대를 위해
노을 지는 창가에서
색소폰을 불어 보렵니다

긴 세월
마르지 않는 강물처럼
오래도록 불어 보렵니다

열정

고향 화성

망망함이여
한강에서 바람 타고
남서쪽으로 한 시간여
바다와 닿은 곳

두렁바위 종소리가
온 뜰에 그득하고
꽃뫼 기슭의 지극 정성이
늙은 아비어미를 섬기네

울불긋 꽃 동네
매홀이란 이름으로
세세손손 흘러가려니

제암리

생각하노라
할배도 할매도
목 놓은 대한독립 만세
안씨 김씨 목숨 떨군
그 노래
백두산에서 한라산까지 울렸어라

오늘, 음미하노라
아비도 손을 모으고
어미도 가슴 여미는
거룩한 뜻에
오가는 발길이 멈추네

꿈꾸노라
이름하여 서해안시대
그 기상
또 천 년을 이어가리

매향리

숨죽인 반세기 세월

사월 갯바람이 불던 날
쇳덩이 우박 길을 잃더니
익숙한 굉음
스치는 섬광
농섬 맨살이 찢긴다

성난 사내들 소주잔에 노를 젓고
몸빼 아낙들의 긴 한숨이
텅빈 바닥에 눕는다

귀 막고 눈 닫은 채
그물 꿰는 손발짓은 통곡이라
정녕 어느 날
섧운 세월 게우려나

한해(旱害) 현장에서

기다린 지 달포인데
내일도 안 오신단다
논둑에 쪼그려 앉은 양수기가
밤새 울었나 보다
널브러진 호스에
휑한 눈길이 메인다
햇살이 쨍쨍
알몸은 매양 울어야 하나

수해(水害) 현장에서

이른 봄날
늙은 아비가
처마 밑에서 말목을 만든다.

『어느 해 여름날
냇물이 넘쳐 주택가를 덮쳤다
한 세월 일군 둥지는 무너지고
알몸 전사들은 넋을 놓는다
어김없는 발길들, 말씀들……』

산다랑치 두어 마지기 논배미가
장마비 복새에 가을이 헐렁했다
그 해 겨울 줄담배를 태우시던 아비
이듬해 봄날
자식들과 말목을 깎아
논둑 언저리에 듬성듬성 박으셨다
흐린 날이면
오그라든 어깨에 삽을 메시고
흐너질 논둑을 눈어림하셨다
그 해도
이듬해에도

추곡수매 현장에서

한 잔 더 하세
막걸리 잔 내미는 손등에
세월이 거뭇거뭇하다

창고로 기어가는 볏가마니에
대처 자식이 어룽어룽거리고
희멀건 푸념은 철철 넘쳐
메마른 오장을 달군다

해진 새마을 모자
저 홀로 꿋꿋하다

시련

산다는 것은

울지 마라
가진 것이 없다고
그대가 진정 슬픔을 아시는가

기쁨으로 환한 미소 짓던 날도
그저 스친 씨줄이려니와
쉬이 마르지 않는 눈물도
살아갈 날의 날줄일지니

나서지 마라
세상을 안다고
그대가 진정 삶을 아시는가

흙 내음 한 움큼 들이쉴 수 있다면
가난한 것만도 아니려니와
그 자리에 서성거림도
누군가에겐 깨달음일지니

정(情)

그물 창
스미는 햇살

잊고 살았어
굼뜬 발걸음이 제 멋이요
한 잔 술이 마음인 것을

남태령을 넘노라니
고향 뜰이
곱게 흐른다

돌우물

담장 너머 보이는
저 멀리 산자락
고향 뜰을 깁습니다.

이끼 낀 '곡마을' 돌우물
파란 하늘에 두레박질
진달래, 할미꽃, 민들레, 흰 구름……
하늘하늘 날아듭니다.

온 세상을 뛰놀던 날에
땟 국물 울음조차
진한 그리움입니다

귀향

청보리 나붓나붓
종다리 포르룽
누이 얼굴 수줍어라

〈내명 일 하지 마라〉
소금밭 아비 고달픔이요.
〈남양 원님 굴회 마신다〉
내 고향 자랑이지요.

울불긋 타는 노을
봉림사 종소리 뎅그렁
서풍에 실려 오면
가 볼거나 고향으로

아내

그대는 들꽃이어라
눈멀고 귀멀은 노래여라

만날 날
두 손 잡고 들으리

그렇게 저렇게
산 넘고 물 건너 먼 길을 와서
할 말은 줄이고 줄인
다만 고운 눈매여라

해후

담장 밖
가랑비가 내립니다

마주한 아내
눈물을 흘립니다
그간 미소를 잃지 않더니
빗장이 헐거워졌나 봅니다

돌아오는 길이 허방입니다.
들판에 서 있는 나무 한 그루
빗물에 젖습니다

동행

어둠이 찾아옵니다
눈길 절로 환하지요

멀뚱멀뚱 순둥이
나풀나풀 깜순이
빙긋 엄마별

행여
구름에 가릴까
길 잃은 별 하나
어스름 창가에 서성입니다.

너를 생각하면서

보고 싶구나

작은 걸음을 큰 걸음으로
닫힌 마음을 열린 마음으로
추임새를 넣을 때마다
중원의 전사처럼
꿈을 꾸었던 거야
태산준령을 넘어보자

기억하는가
보통리 저수지에서 함께 노래한
〈마이웨이〉

바람부는 날에도 바람없는 날에도
이 노래 불러본다
너를 생각하면서

삶

깊은 밤
멀어지는 자동차 소리
세상일 허망한 거여

슬픔도 힘이라며
애써 뱉은 겉소리에
온 밤을 태웠지
제 모습이라 놓아 보지만
떨구지 못한 인연으로
수없이 되뇌인 삶의 무게
아내란 이름이 빈 가슴 채우고
아비란 존재로 눈물이 흐르네

하루가 일 년처럼 머물던 날에
마음 결 건네주던 사람들
그래
사랑할 거야
뜨거운 숨결
먼동이 튼다

인생

?
!
.

묻고 깨닫고 바라보고

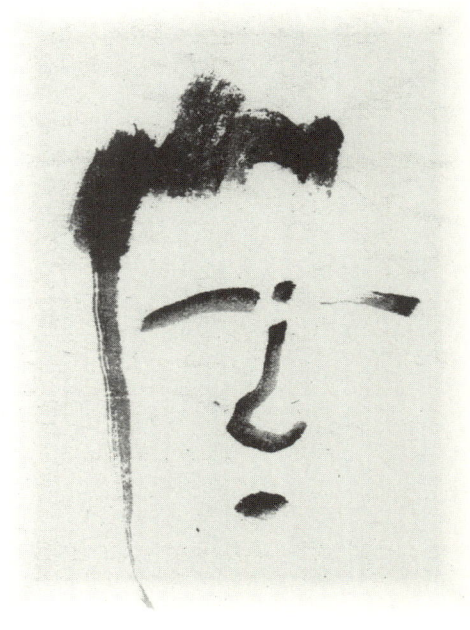

그대가
향기로울 때

그대가 향기로울 때

누군가의 글을 읽으며
가슴이 저릿저릿하여
무릎을 탁 칠 정도라면
삶이 만만치 않았으리

손 발짓을 바라보며
그도 그럴 수 있겠다
눈빛으로 헤아릴 수 있다면
지난 세월 짧지 않았으리

존재의 의미를 더듬으며
세상을 버무릴 수 있다면
사랑받고 사랑할 수 있으리

무상(無想)

벙울벙울 제 모양
하얀 목련 보노라니
절로 꿈속에 들더이다.

오고 감에 분별 있으리
닿을 수 없는 머무름
흰 구름일레

청정(清靜)

불기 2549년 사월 초파일
나 홀로 존귀하네

뎅그렁

파란 노을
두 손 모읍니다

경계

혼란한 마음
일주문 들어선다

부처님께 합장하니
마음줄만 팽팽

돌아서다 미인을 마주하니
찰나
피안(彼岸)이로세

인연

가랑비 오락가락

고즈넉한 한길
흐트린 발자국들에
눈물이 고이네

소낙비

줄기차게 쏟아진다

눈어림 진지(陣地)를 쌓는다
졸(卒) 모아 차(車) 길을 내고
마(馬)를 뛰어넘어 궁(宮)에 포(包)를 건다

어, 그 새 불어난 물
몸이 잠긴다

장이야
코끼리(象)가
냅다 기사(棋士)를 뭉갠다
한걱정이다

궁을 틀어 잠시 피하시죠

잠 못 드는 날

달빛 허연 한줄기
외줄 그네를 탄다

등허리 흥건하다

국화 앞에서

서늘한 바람에
햇살이 푸드덕
담장 아래
오롯한 국화들이여
조금 아주 조금씩
제 몸 태워
시린 세월 버텼구나

희디희고
노랗게 노오랗게
제 몸을 연다

가을을 보내며

노란 국화이고 싶다.
놓을 수 없는 정에 살을 에인 오래된 상처
거친 바다에서 돌아온 노인처럼
햇살에 온 몸 드러낸 채
가슴에 쌓인 말로는 못 나타낼 노래들

만날 날
노란 국화이고 싶다

세월은 제 모습으로 가는데
봄날, 두 손 모은 기도
물결 따라 멀어 가는데
내 안에 든 너는
아슴한 향기의 가을을 남긴다

좌선(坐禪)

한 나절
담장 뜨락에
고추 잠자리 한 마리

앉다 날다 재더니
마음 자리인가
고요한 파란 하늘

할(喝)
니 뭐꼬

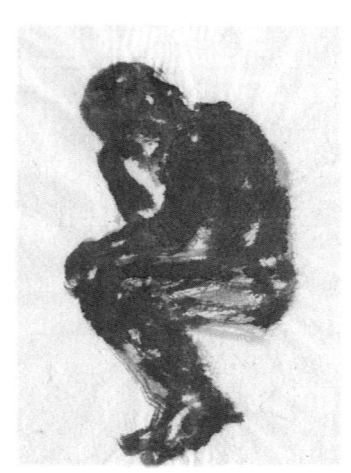

아침 창가에서

요즘 어때
그저 그렇지 뭐
오가는 눈길이 선선하다

어린 날에
허리 굽혀 들여다보던 돌우물
반쯤 뜬 눈이
높푸른 하늘을 보았으랴

아침 자락
그냥 그냥 좋다

자화상(自畫像)

줄〔絲〕이 없나요
끈〔學〕이 짧나요
연〔緣〕이 많나요

제 온양대로 사는 거야

역지사지(易地思之)

△ 영리하나 미워요

□ 듬직하나 답답하구요

○ 편안하나 지루하답니다

그대 얼굴에서 나를 봅니다

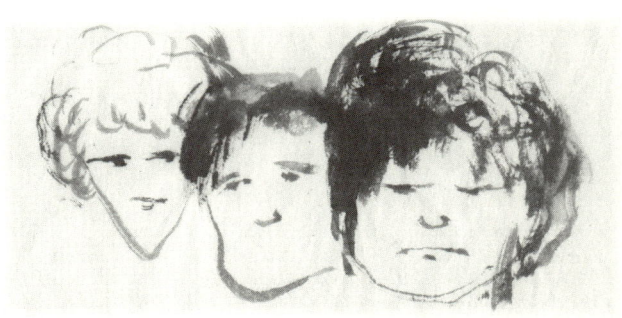

이정표

맴돌고
돌아가고
길에서 길을 만나
내 길 하나 납니다.

자유

얼설킨 실타래
제 몸 태우며
온 밤을 끙끙

아침 햇살이 환하다

한 해를 보내며

뚝방에 앉아
풀잎 하나 띄운다
그냥 가거라

새해에는 웃음으로

하하하
새해에는 웃어 보자
내일을 기다림도
웃음으로 맞을 일이다

웃는 일이 어디 쉬우랴만
하늘 보고 하하
땅 보고 허허
새해에는 웃어 보자

나를 찾는 여행, 또는 교양의 시학

홍신선(시인 · 전 동국대 교수)

1.

조선조 선비의 이념적 덕목은 수기치인(修己治人)
이었다. 자기수양을 쌓은 뒤에는 세상에 나아가 경
륜을 펴는 일이 그것이다. 이즘 말로 하자면 자아의
완성을 기한 뒤에 현실을 경영하는 일인 것이다. 특
히 수기, 곧 자아의 완성은 내면에 교양을 쌓는 일이
었다. 이 경우 교양은 자기 내면에 잠재된 능력을 일
깨우고 그 다양한 능력을 아우른 큰 덕목을 쌓는 일
이었다. 공자식으로 말하자면, 육예(六藝)를 익히는
일이 그것일 터이다. 그렇게 익힌 육예는 내면의 덕
으로 다시 질적인 변화와 통합을 이룩한다. 뿐만이
아니다. 이 덕은 내면에 쌓이는 데서 끝나는 것이 아
니라 겉으로 어김없이 드러나 그 사람의 외모와 태
도를 결정짓는다. 《논어》의 한 대문인, 덕은 몸을 윤
택하게 한다는(德潤身) 말이 바로 그것이다. 범박하

게 말하자면 그 사람의 됨됨이로 외양에 나타나는 것이다. 이 같은 교양을 내면에 쌓는 일 가운데 중요한 한 가지는 시를 짓고 시를 아는 일이었다. 대저 시는, 공자의 말대로 하자면, 지식 또는 정보의 곳간이기도 했고 언변을 갈고 다듬는 주요한 수련의 기예이기도 했다. 그래서 시는 선비의 중요한 신분적 표지가 되었다. 아니 선비적 교양의 필수 기예처럼 된 것이다.

말을 많이 에둘렀지만, 우호태 시인의 시를 통독하며 나는 조선조 선비의 교양을 떠올렸다. 우 시인은 시인이기에 앞서 전임 화성시장으로 우리 지역사회와 정계에 더 잘 알려진 사람이다. 나로서 더 솔직하게 말하자면 그가 시를 쓴다는 사실 자체도 의외의 일처럼 다가왔다. 벌써 여러 해 전 얘기다. 마침 선거 때였을 것이다. 병점역 정류장에서 집으로 돌아가던 나는 뜻밖의 광경을 목도했다. 젊은이 한 사람이 무슨 전단지 돌리기에 열중하고 있었다. 먼발치에서 본 그 젊은이는 틀림없이 우호태 시인이었다. 내가 즐겨 읽었던 삼국지식 표현으로 하자면, 필마단기(匹馬單騎)로 출진한 젊은 장수 한 사람이 거기 있었다. 그 흔한 도우미 한 사람도 없이 그는 그렇게 자기 일에 몰입하고 있었다. 나는 그 모습에서 젊은이 특유의 진지함, 열정, 넘치는 자신감 등을 읽었다. 아는 체하는 것이 아니다 싶어 나는 일부러 에둘러 그 자리를 황황히 떠났다. 나는 우호태 시인 하면 늘 이

정경을 떠올리곤 한다. 그의 인품이 이 한 장 낡은 사진 같은 정경에 모두 담겨 있다고 생각하기 때문이다.

햇수로 이제 막 십 년을 헤아리는 노작 문학상도 우호태 시인을 말하는 자리에서는 빼놓을 수가 없을 터이다. 이 상은 화성 지역 출신이자 근대 시문학의 한 페이지를 장식한 노작 홍사용을 기리고 그 문학정신을 되살리려는 취지로 제정되었다. 그 출범과 제정 과정은 당시 시장직에 있었던 우 시인의 결단과 뒷받침을 빼고는 달리 이야기할 수 없다. 이즘 돌이켜 봐도 우 시인의 전적인 노력과 후원이 없었다면 이 문학상은 없었을 것이다. 글 쓰는 일 외에는 뭇 세사에 문외한인 내가 보기에는 적어도 그렇다. 한 사람의 정치인이자 행정가로서의 우호태 시인을 나는 잘 모른다. 그러나 그가 남다른 문화적 식견과 안목의 소유자라는 사실만은 나로서도 자신 있게 말할 수 있다. 우호태 시인은 그런 사람이다. 적어도 내가 아는 한 그의 인품은 이런 것이었다.

2.

구불구불
산모롱이 돌아

겨울밤
아래 목에 제 몸 푸니
등허리 따습다

— 〈고향〉 전문

대체로 사람들에게 고향은 유소년 시절과 함께 기억으로 존재한다. 그 기억들은 우리 몸에 기록으로 남아 있다가 회상이란 형식을 통해 현재화한다. 일의 이치 그대로, 이 현재화에는 과거와 현재가 만나 그 의미를 새롭게 조정하게 된다. 예컨대 어린 시절 험한 기억도 시간이 흐른 뒤에는 고통보다는 감미로움 내지 그리움의 대상으로 변질되는 경우가 곧 그것이다. 이처럼 기억은 회상을 통해 현재화되면서 그 의미나 구조 등이 재구성된다.

인용한 시 역시 고향에 대한 회상을 감미롭게 보여준다. 시의 화자는 어린 시절, 아마도 청소년 시절일 터이다, 그것도 혹한이 자심했던 겨울밤의 기억을 떠올린다. 그 무렵이란 본격적인 산업화 이전 시절이라 교통이나 주거 환경이 열악했을 것이다. 그렇지만 추운 밤길을 걸어 귀가한 집, 그것도 불을 잘 지핀 방안 아랫목이란 '등허리 따습'기 짝이 없는 공간이었을 것이다. 따라서 회상하는 화자에게는 밤길 걷기의 추위와 고단함은 모두 사상(捨象)되고 등 녹일 때의 저 따뜻하고 아늑했던 근육감각만이 떠오른다.

그 따듯하고 아늑한 감각만 살아 있는 공간—그것이 대저 우리의 고향인 것이다. 그 고향엔 "헐렁한 베 바지에/ 밭머리에 서 계시던/ 아버지"가(《원두막》) 있고 "안골 논머리에/ 새참을 내리던" 어머니가(《모내기 하던 날》) 있다. 그런가 하면 "해 떨어지면 자구 해 뜨면 흙 파는" 만수, 석이 할매 등도(《사라지는 이야기》) 있다. 이들은 농경사회의 전형적인 구성원들이다. 우리에게는 나라 전체 인구의 80퍼센트가 농업에 종사했던 시절이 있었다. 본격적인 산업화가 되기 이전 전통사회가 바로 그것이었다. 그 사회에는 인정, 염치, 상호부조, 충효 같은 그 사회 특유의 여러 가지 바람직한 삶의 미덕들이 있었다. 이 미덕들은 과거 전통사회의 보편적 가치로 누구에게나 존숭되었다. 하지만 산업사회로 진입하면서 이들 가치는 훼손 내지 폐기되는 일이 잦아졌다. 그만큼 속도와 효율성만을 앞세운 각박한 사회로 우리 사회가 변모한 것이다. 굳이 환경론을 앞세우지 않더라도 이즘 농업을 중시하자는 일부 주장 속에는 이들 미덕에 대한 강한 동경과 미련들이 내장되어 있다. 아무튼 이들 미덕에 대한 동경은 고향에 대한 애착으로도 나타난다. 이를테면, 남태령 너머 고이 흐르는 고향을 보면서 "울불긋 꽃 동네/ 매홀이란 이름으로/ 세세손손 흘러가"길(《고향 화성》) 염원하는 일도 그 애착의 한 예일 터이다.

이번 우 시인의 상당수 시들 속에도 농경을 축으로 한 지난 날 삶에 대한 기억들이 자리 잡고 있다. 여기서 이런 삶의 미덕을 기린 작품 한 편을 더 읽어보자.

안부를 묻습니다
왕새우 먹으러 갑니다
보증을 섭니다
집들이를 한답니다
딸 자랑으로 함박꽃입니다
천렵을 갑니다
윷놀이를 합니다
출출하니 한잔 하잡니다

햇살이 환한 날
그리운 얼굴들

—〈흑백 앨범을 보면서〉 전문

이 작품은 평이한 언술 가운데 지난날 우리 삶의 여러 미덕들을 제시해준다. 시의 화자는 만나는 사람들이 서로 안부를 묻고, 때로는 보증을 서 주기도 하고, 그런가 하면 천렵과 윷놀이 같은 놀이문화를 더불어 즐겼던 일들을 기억한다. 그 시절 사람들 사이에는 언제나 따뜻한 소통이 있고 모두 함께 여가와 놀이들을 공유했다. 특히 이제는 뭇 사람들의 금기

처럼 된 빚보증 서는 일도 큰 고민 없이 서 주곤 하던 후덕한 인심이 있었다. 작품의 1연에서는 그 같은 삶의 덕목들이 병렬 형식으로 제시된다. 아마도 그 시절 기억들을 몸에 새기고 있는 사람들은 이 같은 미덕들을 더 많이 열거할 수도 있을 터이다. 물론 이들 기억은 고통이나 부정적인 요소들이 많이 사상된 편향적인 것일 수도 있다. 그렇긴 해도 사람이 사람답게 살았던, 아니 사람살이의 소중했던 미덕들의 가치자체가 훼손되는 것은 아니다. 화자는 그 미덕들을 몸소 실현하며 살던 지난날 사람들을 그리워한다. 그것도 환한 햇살처럼 선명한 회상과 함께 그리워하고 있는 것이다.

일의 이치 그대로, 고향이란 공간에는 사람 못지않게 숱한 풍물들이 그 세목처럼 채워져 있다. 이번 시집의 여러 작품들 역시 이 같은 풍물들을 폭넓게 보여준다. 이를테면 봄날의 나물캐기, 모내기, 원두막, 그루콩, 둑방길, 산제비 등등 헤아릴 수 없는 수많은 세목들이 그것이다. 시인은 이들 풍물들을 통해 지난날 고향의 삶이나 풍습 등을 회상하고 일깨워준다. 이처럼 회상 속의 고향은 시인에게 아늑하고 따듯한, 그러면서도 언제나 "산모롱이 돌아"가고 싶은 공간이다.

그러나 고향이란 이러한 개인 기억 속에만 자리 잡는 공간이 아니다. 그곳에는 오랫동안 많은 사람들의 삶이 영위된 공간답게 집단기억, 곧 역사적이거나 문화적인 숱한 기억들도 있다. 우 시인은 그러한 집단기억들 역시 이 시집에서 상당수 보여주고 있다. 말하자면 고향 화성의 지난날 역사적 사건들을 잊지 않고 제시하고 있는 것이다. 널리 잘 알려진 제암리의 독립만세 사건, 매향리 사격장으로 대변되는 분단의 아픔, 그런가 하면 풍수해와 가뭄의 고통스런 현실적 시련 등등이 모두 그것들이다. 이들 역사적 사건은 시인에게 당연히 개인적 차원의 정서적 반응보다는 이념적 차원의 공적인 반응을 하도록 만든다. 그것은 이들 역사적 기억들이 한결같이 보여주는 "아비도 손을 모으고/ 어미도 가슴 여미는/ 거룩한 뜻"(《제암리》) 때문일 것이다.

3.

우리의 삶은 개인적인 차원의 것이면서 동시에 사회적 차원의 것이기도 하다. 이는 인간이 내면과 외면을 늘 함께 지니고 삶을 영위함을 뜻한다. 시 역시, 범박하게 말하자면, 이 양면의 진솔한 기록이라고 할 것이다. 그것도 가치 있는 뭇 체험들의 기록일 터이다. 여느 독자들이 시 읽기를 통해 그 텍스트 가운데서 자기 자신을 발견하거나 확인하게 되는 것은 아마도 이런 시의 특성 탓일 것이다.

우 시인의 표현대로 "그대 얼굴에서 나를 봅니다."라는《역지사지》식의 발견인 것이다. 시인은 언제나 자신을 들여다보며 무엇인가를 발견한다. "내 안의 나를 만나는 일"인 것이다. 여기서 내 안의 나는 자기 정체성일 수도 있고 새로운 자신의 의미일 수도 있다. 그런가 하면 더 나아가 현실과의 부단한 교섭 가운데서도 시인은 깨달음을 얻는다. 어쩌면 이 같은 깨달음은 "묻고 깨닫고 바라보"는《인생》우리 인생 그 자체일 수도 있다. 다음의 작품을 읽어 보자.

기쁨으로 환한 미소 짓던 날도
그저 스친 씨줄이려니와
쉬이 마르지 않는 눈물도
살아갈 날의 날줄일지니

나서지 마라
세상을 안다고
그대가 진정 삶을 아시는가

흙 내음 한 움큼 들이 쉴 수 있다면
가난한 것만도 아니려니와
그 자리에 서성거림도

누군가에겐 깨달음일지니

　　　　　　　　　　　　— 〈산다는 것은〉 일부

　과연 산다는 것은 무엇인가란 물음에 이 시는 우
시인 나름의 통찰을 보여준다. 시의 화자에게 산다
는 것이란 날줄과 씨줄이 얽히며 짜인 피륙과 같은
것이다. 이 경우 씨줄과 날줄이란 기쁨과 눈물을 일
컫는다. 기쁨이나 슬픔들로 피륙을 짜는 일은 아마
도 사람이 사는 동안 좋든 궂든 지속해야 할 업보일
터이다. 그러한 업보들로, 곧 삶의 이러저러한 곡절
들로 우리의 생활은 지속되는 것. 그런데 화자는 삶
의 곡절들을 겪으며 그동안 상식적 통념이 내장한 허
위를 드러내고 보여준다. 곧 우리가 "흙 내음 한 움
큼" 정도만 맡을 수 있어도, 이는 벌써 가난이 아니
며 또한 "자리에 서성"이는 일도 실은 삶의 깨달음
의 한 표현이란 진술이 그것이다. 달리 말하면, 소유
의 과소(寡少)가 가난의 기준은 아니며 나아가지 않
는 '서성임' 역시 때로는 깨달은 자가 보일 수 있는
몸짓인 것이다. 인용한 작품 〈산다는 것은〉은 이 같
은 깨달음을 간결한 언술들로 잘 보여준다.
　흔히 말하듯 사람은 자신의 내면을 응시하며 깨달
음을 일궈 간다. 그 경우 응시의 방편은 대개 좌선
(坐禪)이거나 웅숭깊은 자기 침잠이지만 때로는 정
신적 고뇌와 방황을 통해 이룩하기도 한다. 우 시인

도 이러한 방황과 자기 침잠의 과정을 일련의 시편 속에서 보여준다. 이를테면 담장 뜨락의 잠자리 한 마리를 지켜보며 '니 뭐꼬'란 화두에 몰입하거나(〈좌선〉), 마음 혼란할 때 사찰에 들어 거기가 곧 피안임을 깨닫는 일(〈경계〉) 등등이 모두 그런 일들이다. 그런가 하면 샤갈의 눈 내리는 마을이란 쉼터에서 "지난 시간을 사려" 보고 둑방길 잎새 하나에서 자기를 떠나간 "무정한 녀석"을 떠올리며 마음 다치기도 한다. 또한 별을 보거나 봄비를 맞으며 '그대'를 생각한다. 이 같은 일들은 자기 내면으로의 여행이자 시인의 말대로 "내 안의 나를 만나고자 하는" 방황에 다름 아니다.

그런데 사람은 자기 내면만을 영위하며 삶을 꾸려가지 않는다. 그에게는 가족을 비롯한 이웃 사람들이 또한 있는 것이다. 이들이 나에게 주는 의미란 과연 무엇인가. 이들의 의미나 가치는 얼마나 깊고 소중한가. 이 같은 물음을 우리는 종종 일상 속에서 묻고 확인하려 든다. 특히 시련과 방황으로 삶의 신산(辛酸)을 겪을 때 더욱 그러하다. 우 시인의 남다른 아내에 대한 송가(頌歌)는 그래서 나왔을 터이다.

그대는 들꽃이어라
눈멀고 귀 멀은 노래여라

만날 날
두 손 잡고 들으리

그렇게 저렇게
산 넘고 물 건너 먼 길을 와서
할 말은 줄이고 줄인
다만 고운 눈매여라

—〈아내〉전문

우 시인의 정치인으로서의 한때 시련을 알고 있는
내게 이 작품은 감동적으로 읽힌다. 꽤는 간결한, 절
제된 언술 속에 아내에 대한 고마움과 곡진한 정감
을 너무나 잘 드러내고 있기 때문이다. 시적 조사(措
辭)에도 어렵고 난해한 기법이 없어 읽는 이에게 쉽
게 다가온다. 시의 화자에 따르자면, 아내는 들꽃처
럼 강인하면서도 풋풋한 아름다움을 지닌 존재이다.
또 노래로 친다면 "눈멀고 귀 멀은 노래"여서 만나
는 날엔 두 손을 잡고 듣지 않을 수 없는 노래인 것이
다. 뿐만이 아니다. 사는 동안의 "산 넘고 물 건너 먼
길"을 온 숱한 사연들을 속으로 삭히고 줄인, 그래서
더 고와진 눈매를 지닌 존재인 것이다. 굳이 이러한
산문적 번역이 아니라도 이 작품은 우리에게 친숙하
게 잘 읽힌다. 그만큼 곡진한 작품인 것이다.
　앞에서 잠시 언급한 대로 이 작품은 시적 조사가

압축과 생략을 축으로 한 간결성을 교과서적으로 보여준다. 말이 난 끝에 여기서 우리는 우 시인의 이번 시집 시들의 형식적 특성을 살펴봐도 좋을 것이다. 우 시인의 시들은 대체로 짧다. 짧을 뿐만 아니라 간결 직절한 언술로 일관하고 있다. 시의 길이가 짧다는 것은 대체로 시적 조사의 제1원리인 압축과 생략을 과감하게 사용한 탓이다. 그리고 이 압축과 생략은 시의 행간을 최대한 넓혀 준다. 말하자면 읽는이에게 생략과 압축된 부분을 나름껏 복원해 읽도록 만듦으로써 읽는 이가 상상력을 최대한 발휘하도록 하는 것이다. 이것을 우리는 흔히 여운 또는 여백의 미라고 말한다. 우 시인의 시들은 범박하게 말해 이러한 여백의 미를 잘 살리고 있다. 예컨대, 한 해를 보내며 "뚝방에 앉아/ 풀잎 하나 띄운다/ 그냥 가거라"와 같은 압축 생략의 묘가 그것이다. 한 해를 보낼 때의 구구한 사연과 감회를 단지 풀잎 하나 띄우는 일로, 그것도 그 숱한 사연과 감회를 극단의 절제를 통한 압축과 생략 속의 한 마디 "그냥 가거라"라고 말하는 것이다. 이 경우 생략된 숱한 사연들은 두말할 필요 없이 읽는 독자들의 몫이라고 할 것이다.

각설하고 다시 말머리를 우 시인의 시세계로 돌려보자. 앞서 말한 압축과 생략이란 시적 조사를 축으로 한 아내의 새로운 면모를 발견한 그 연장선에서 우 시인은 아들과 딸 등 가족들의 의미도 새삼스레

확인한다. 곧, 게임을 좋아하는 키 큰 순둥이와 별명이 파키스탄인 딸 얘기들이 그것이다. 그런가 하면 원두막 밭머리를 밤새 지키던 아버지, 새참 들밥을 내가던 어머니 등등도 각별한 의미로 떠오른다. 가족은 널리 알려진 대로 공동체의 가장 작은 단위다. 이 공동체는 혈연을 통해 구성된다. 그만큼 사랑과 믿음이 이들 구성원에게는 우선한다. 물론 그동안의 사회적 변동은 이러한 가족의 의미를 많이 퇴색시켰다. 산업사회에 걸맞게 급격한 핵가족화에 이르렀던 것이다. 심지어는 가족의 해체까지 언급되는 이즘이 아닌가. 그래서 지난날 전통적 가정이 행하던 일부 역할을 사회제도에 위탁, 대신토록 하고 있는 게 우리 현실인 것이다. 이러한 현실 속에서 가족 간 서로의 의미를 되짚고 사랑을 확인하는 일은 그 중요성을 아무리 강조해도 지나치지 않을 것이다. 그래서 우 시인의 가족 이야기는 그 강도가 남달리 읽힌다.

한편, 이웃 사람들을 비롯해 학연, 지연과 같은 사회적 관계들을 중심으로 한 구성원들의 의미는 또 무엇일까. 그것은 쉽게 말하자면 '옆으로의 초월'을 통한 만남이고 의미이다. 말하자면 이웃한 타자들 속에서 나와의 동질성을 발견하고 더 나아가 보편적 사회적 규범이나 문화들을 공유하는 것이다. 이렇게 동질성을 바탕으로 한 타자와의 관계나 그에 대한 지향은 보다 커다란 공동체를 이룩하는 원동력이다, 그

리고 거기서 우리는 '그대'라고 불리는 타자의 아름
다움과 그들의 향기를 발견한다. 다음의 시를 읽어
보자.

누군가의 글을 읽으며
가슴이 저릿저릿하여
무릎을 탁 칠 정도라면
삶이 만만치 않았으리

손 발짓을 바라보며
그도 그럴 수 있겠다
눈빛으로 헤아릴 수 있다면
지난 세월 짧지 않았으리

존재의 의미를 더듬으며
세상을 버무릴 수 있다면
사랑받고 사랑할 수 있으리
                    ―〈그대가 향기로울 때〉 전문

시의 화자는 두 사람의 향기를 먼저 제시한다. 곧,
빼어난 글을 쓴 이와 상대를 말없이 읽을 줄 아는 이
가 그들이다. 그러면 이들은 무슨 향기를 지니고 있
는가. 먼저 빼어난 글의 작자는 '만만치 않은 삶'을
살아온 자의 향기이다. '만만치 않다'라는 언사에 내

장된 삶의 신산(辛酸)은 우리가 굳이 더 말할 나위가 없는 것. 이른바 삶의 신산은 몸의 기록으로 남고 그 축적된 기록은 '덕윤신(德潤身)'이란 말 그대로 웅숭깊은 사유와 인간 됨됨이를 낳는다. 이 웅숭깊은 사유에서 우러난 시적 언술이 바로 빼어난 글이 아니겠는가. 반면, 상대방 타자의 행동거지를 보고 그 행동거지에 내장된 피치 못할 사유(事由)까지를 헤아릴 줄 아는 것—이는 우리가 오랜 삶의 이력을 가질 때 가능한 일이 아닐 수 없다. 그래서 화자는 "지난 세월 짧지 않았"을 것이라고 감탄하듯 말한다.

일찍이 포이엘 바하는 인간이란 의존감정을 통해 서로 우정을 나누고 사랑을 한다고 말한 바 있다. 더 나아가 이 같은 의존감정을 통해 자신의 결함을 메우기도 하고 사회공동체도 이룩한다. 위 시의 화자에 따르자면, 사람들이 서로의 의미를 더듬으며 '세상을 버무릴' 때, 공동체 내부의 인류애와 같은 사랑도 비로소 가능한 것이다. 또 이러한 사랑에 이를 때 문학이 꿈꾸는 유토피아는 실현되지 않을 것인가.

4.

따지자면 지난 세기 후반부터일 것이다. 그 시기 사회 역사적 변동 못지않게 우리 문학동네도 크게 요

동친 바 있다. 기존의 몇몇 특정 잡지를 중심으로 한 문단 권력의 과독점 현상이 해체되고 문단 다극화 시대가 왔다. 그에 따라 문학 인구도 다양하게 그리고 급격하게 팽창했다. 이른바 문학 담당층의 양적인 폭발 현상이 나타난 것이다. 말하자면 시인 작가를 비롯한 문학의 생산자들이 폭증하고 그에 따른 소비와 유통구조에도 커다란 변화가 초래됐던 것이다. 그러면서 시인들 중에서도 자발적 가난이나 소외를 선택한 자들이 생겨났다. 이른바 전업시인들이 그들이다. 이들은 과거 유럽의 '저주받은 시인'처럼 물질적 궁핍을 감수하면서 창작에만 전념하고자 했다. 근대사회의 인간형으로 치자면 심미적 인간들이 출현한 것이다. 그런가 하면 한편에는 지난날의 경우 그대로 일정한 직업에 종사하면서 시를 쓰는 시인들 역시 존재했다. 물론 이들 상당수는 시업(詩業)만으론 생활이 안 되는 현실 탓에 그럴 수밖에 없었을 것이다. 이는, 다소 비약이긴 하지만, 조선조 중엽 도학파와 사장파로 당시 시인들을 나눴던 경우에 견줄 수 있을까.

나는 앞에서 우리 우 시인을 전업시인보다는 교양을 축으로 한 조선조 시인상에 가깝다고 썼다. 굳이 따지자면 이는 수기치인(修己治人)의 유교적 이념 아래, 세상에 나서면 정치나 경세에 힘쓰고 물러나면 시와 자연을 벗하며 살았던 선비들을 염두에 둔 말이

었다. 모쪼록 나는 우 시인이 정치와 같은 현실 경영
에도 큰 성취를 이룩하기를 기대한다. 그리고 그 경
험들이 앞으로 그의 시업의 밑그림과 상상력의 원천
이 되기를 바란다. 그렇게 될 때 우호태 시인은 우리
문학동네에서도 남다른 개성과 시세계를 연 시인으
로서 우뚝할 터이다.

시인 **우호태(禹浩泰)**

1959년 경기 화성 출생.
수원고, 서강대 정외과, 서강대 공공정책대학원 졸업.
수원대학교 대학원 건축공학과 박사과정 수학 중.
육군 대위 전역(학사장교).
기아자동차(주) 퇴직(11년간 근무).
화성군의회, 경기도의회 의원 역임.
화성 군수, 화성 시장 역임.
현재 수원대학교, 협성대학교, 경기공업대학에서
사회복지정책, 현대정치이해, 조직과 기업문화 강의 중.
한국문인협회 회원.

그대가 향기로울 때

초판1쇄 인쇄 2011년 3월 15일
초판1쇄 발행 2011년 3월 20일
지은이 : 우호태
펴낸이 : 김향숙
펴낸곳 : 인북스
주소 : 서울시 마포구 서교동 478-3 동궁빌딩 402호
전화 : 02) 325 7402
팩스 : 02) 542 1280
이메일 editorman@hanmail.net

ISBN 978-89-89449-31-7 03810
값 10,000원